대한시낭송가협회
시낭송 교육 6기 시낭송가 동인문집

별숲에 시를 심다

시음사
시사랑음악사랑

우리의 아름다운 인연을 축복하면서

김혜정

시가 언어로 그림을 그리는 것이라면 낭송은 그림으로 그린 언어를 노래로 만들어 내는 것이 아닐까 한다. 누구나 할 수 있다지만 누구나 하지 못하는 시를 짓고 낭송을 하는 사람들은 꾸준한 자기 수련을 통해 시적 감동을 전달하여 감흥을 불러일으키기 위해 노력하는 의지와 아름다운 영혼을 가진 사람들이 아닐까 자부해 본다. 그런 의지와 영혼을 가진 대한시낭송가협회 제6기 동기생 8명이 모여 마침내 동인지 "별숲에 시를 심다"를 발간하게 되는 기쁨을 누린다.

시는 쓰기를 위한 쓰기여야만 하고, 낭송은 언어의 조탁彫琢이 되어야 함에도 불구하고 순수가 문명에 잠식당하여 혼탁해져 가는 아슬아슬한 시대에 휩쓸리지 않고, 문학의 초월 심을 가지고 문우의 정을 다져온 제6기 동인지 "별숲에 시를 심다"가 미약한 힘이지만 더 나은 세상으로의 길을 닦고 시와 낭송의 문을 두드린 걸음을 흔적으로 남아만 있어도 우리는 마냥 기쁘고 행복할 것이다.

동인지에 참여한 대한시낭송가협회 6기 동인들의 만남을 진정으로 축복하고, 우리들의 아름답고도 멋진 인연을 생각하며 스스로 행복에 빠져본다.

본문
시낭송
감상하기

QR 코드 스마트폰으로 QR 코드를 스캔하면
시낭송을 감상할 수 있습니다.

 제목 : 그대의 향기
시낭송 : 김정애

 제목 : 내 사랑 그대
시낭송 : 임숙희

 제목 : 따뜻한 커피 한 잔
시낭송 : 임숙희

 제목 : 봄 마중
시낭송 : 장선희

 제목 : 중년의 향기
시낭송 : 장선희

 제목 : 잊지 못할 내 고향
시낭송 : 장선희

 제목 : 바람으로
시낭송 : 장화순

 제목 : 봄은 사랑으로 오는 마법
시낭송 : 정연희

 제목 : 오솔길
시낭송 : 정연희

 제목 : 목련꽃 앞에서
시낭송 : 조한직

 제목 : 항해
시낭송 : 조한직

시인은 자연을 이야기하고
시낭송가는 자연을 품었다.
글자는 날개를 달아 언어로 날고
소리는 자연에 눕는다.

☀ 목차

＊ 김정애 시인

그대의 향기 9

거울 1o

날개 11

사랑가 12

송어 13

기원(祈願) 14

아침 편지 15

피아니스트 16

귀연 (歸燕) 17

별 하나의 추억 18

그곳이 무릉도원 ... 19

사랑이란 2o

겨울꽃 22

＊ 김혜정 시인

나는 25

그리운 사람 26

하루 27

그리움의 인연 28

약속 29

슬픈 그리움 3o

그 여자의 추억 31

길(축시) 32

창백한 기억 34

달맞이 꽃 35

어느 소녀의 꿈 36

사금파리 37

돌아가고 싶은 날의 풍경 . 38

☀ 목차

* 이은석 시인

바람아 41

저어기 어디쯤 42

밤안개 43

환희 44

같이 가자 45

해바라기 46

어이하리 47

空 48

연꽃 49

여기요 50

너를 보면 51

길 52

가는 년 53

* 임숙희 시인

당신이 참 좋습니다 55

단비 56

그냥 좋다 57

가끔은 그렇게 살고 싶다 ... 58

행복한 바보 59

휴식 같은 하루 60

흔들리는 갈대 61

우리의 인연 62

파랑새 63

내 사랑 그대 64

내 마음의 노래 65

따뜻한 커피 한잔 66

바람이 참 좋는 날 67

* 장선희 시인

동해안 안목항의 일출 ... 69

봄 마중 70

성북동 길상사의 봄 71

사랑 씨앗 뿌리고 72

중년의 향기 73

계단 74

자화상 75

잊지 못할 내 고향 76

밤의 요정 77

회상 78

비 내리는 날 79

눈물 80

신앙의 힘 81

* 장화순 시인

가슴에 피는 꽃 83

하얀꿈 84

광목 앞치마 85

그대로 그리워하자 86

나무처럼 87

넋두리 88

달빛에 빚은 술 89

당신만의 별이 되어 90

바람으로 91

비손 여인 92

시인이 시월과 가을을 만나면 .. 93

소낙비 94

허공의 날갯짓 95

＊ 조한직 시인

산실(産室) 113

목련꽃 앞에서 114

수련 115

능소화 연정 116

보리 서리 117

쉬이 그리워 마라 118

너 알아 119

침묵하는 마음 120

삶이란 그런 거야 121

하얀 길 122

고뇌의 길 123

백년화(百年花) 124

항해 125

＊ 정연희 시인

나뭇잎 사이로 97

봄은 사랑으로 오는 마법 98

오늘 그대가 왔으면 좋겠습니다 99

꿈꾸는 작은 새 100

고향의 푸른 언덕 101

산촌의 해 질 녘 102

꽃가람 103

오솔길 104

당신이 참 좋습니다 105

가을 여자 106

겨울 창가에 107

가을과의 작별 108

겨울 뜨락에 110

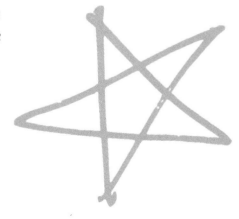

별 숲에 시를 심다

시인 / 시낭송가
김 정 애

〈 시작 노트〉

옷깃만 스쳐도 인연이라는데
우리 이렇게 아름다운 사랑으로 만나
여덟 송이 꽃으로 되어났습니다.

이 또한 소중한 추억의 한 장으로 남아
영원히
우리의 가슴속에 머물러 있을 테죠

그대와 나
비바람이 몰아쳐도
성난 파도가 넘실거려도
흔들리지 않는 뿌리 깊은 나무가 되어
영원의 기억 속에 남기로 해요.

그대의 향기 / 김정애

온갖 꽃바람 속에 그윽한 향기
살며시 다가오신 그대
수많은 강렬한 향기 속에 은은한 내음

잠시 왔다 사라지는 강렬한 향기들
모두 바람 속에 사라져 버렸지만
장미 향기 한 아름 안고 오신
그대를 사랑합니다.

눈멀고 귀먹어
당신을 볼 수도 없고 들을 수 없었지만
저의 눈을 뜨게 하시고
저의 귀가 열리게 하신
당신의 향기는 온 우주를
품었습니다.

그대의 향기 닮은
장미꽃 아흔아홉 송이 꺾어
사랑하는 당신께 보내오니
그 향기 따라서 저에게로 오시어요.

제목 : 그대의 향기
시낭송 : 김정애
스마트폰으로 QR 코드를 스캔하면
시낭송을 감상할 수 있습니다.

거울 / 김정애

거울을 본다.
일그러진 얼굴 공허한 눈동자가
초점 없는 모습으로 날 바라본다.

작열하는 태양 아래 시든 나무처럼
시들시들한 모습이 애처롭다.

거울을 본다.
갈 곳 몰라 이곳저곳 방황하는 영혼
그 영혼이 가여워 한숨을 몰아쉰다.

가뭄과 열기에 헐떡이는 물고기처럼
둥둥 떠다니는 모습이 가엽다.

거울을 본다.
거울 속의 여자는 마음을 다잡고
흔들리는 눈동자와 방황하는 영혼에
생명수를 공급한다.

오늘도 여자는 신발 끈 동여매고
지팡이를 단단히 짚고서 먼 길을 떠난다.

날개 / 김정애

내 이름은 돌고기
작년 여름 신탄리 다리 밑에서
피라미 무리와 오랏줄에 묶였소.
매운탕 속에서 간택을 받아 박제가 되었소.
비원도 부질없어 난 여자를 사랑하기로 했소.

냉동고에 넣어놓고 내게 뽀뽀해 대는 그녀
여자가 술 한잔하는 날이면 무한 사랑을 받소.
왜 그런지 아시오? 난 그녀가 좋아하는 돌고기
박제가 된 나는 행복하오. 꿈을 꿀 수 있으니

내 옆구리가 며칠 전부터 근질근질하오.
내가 꿈을 꾸기 시작하면서부터 라오.
독수리가 창공에서 나래 펴고 비상을 하듯
멋진 날개 달고 강가에서 힘찬 유영을 꿈꾸는
나는 행복한 박제 물고기

사랑가 / 김정애

봄

새싹은 / 파릇파릇 / 온누리 / 색칠하고
봄비에 / 젖은 마음 / 꽃망울 / 터트리니
내 임은 / 어느 곳에서 / 사랑가를 / 부를까

여름

촉촉이 / 내려오는 / 가랑비에 / 흠뻑 젖고
문밖엔 / 바람 소리 / 창문을 / 두드리니
하잔한 / 내 마음속엔 / 폭풍우만 / 이누나

가을

단풍에 / 물든 마음 / 어쩌면 / 좋으려나
가슴에 / 고이 담아 / 예쁘게/ 두었다가
꿈속에 / 그대 보이면 / 살그머니 / 보이리

겨울

백설은 / 나부끼며 / 하얗게 / 덮어주고
눈보라 / 휘몰아쳐 / 내 마음 / 스산하니
그대여 / 어서 오소서/ 저에게로 / 오소서

송어 / 김정애

깊은 계곡 맑은 물속
펄떡펄떡 춤사위가 아름답다.
너의 매력 나의 요염함
꼬리를 감추고 숨바꼭질한다.

무자비한 뜰채에 난 건져지고
날 사랑하는 눈빛
그렁그렁한 눈망울
슬픈 이별이 물속에서 요동친다.

선홍빛 살결에 식객들의 감탄사
손놀림은 빨라지고
내 고운 살결은 어우렁더우렁

구수한 콩가루와 싱싱한 야채와
혼연일체 되어
마지막 춤판 한 번 걸판스럽게 춘다.

기원(祈願) / 김정애

붉은 노을이 가녀린 저를 감싸며
축복을 예견하는 조짐을 보이더니
불현듯 당신이 제 손을 잡아 주네요.

어디로 갈까 방황하는 영혼
인생의 한 정점에서 흔들리는 눈빛
찬란한 노을처럼 빛나는 여기
당신을 만나 참 행복합니다.

캄캄한 어둠 속에 이젠
혼자 울게 두지 마시어요.

달달한 꿀송이처럼 하신 말씀
우리 가시밭도 꽃길처럼 걸어요.
당신과 함께라면
가시와 엉겅퀴가 뒤덮인 길일지라도
함께할 수 있을 거예요.

언제나 어디서든
함께할 수 있는 우리
붉은 태양이 힘차게 떠오르듯
꼭 잡은 손 놓지 말아요.

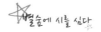

아침 편지 / 김정애

오늘 하루 당신이
나로 인해 행복했으면,
누군가의 입가에
맑은 미소를 띠게 하고
그저 즐거운
나로 인해 당신이 그랬으면,

따스한 아메리카노 한 잔
그 속의 따스한 커피가 나였으면
당신의 폐부 속으로 들어가
당신의 심장을
뜨겁게 달구는
난, 당신에게
그런 존재였으면 좋겠어.

피아니스트 / 김정애

조명이 켜지고 반짝이는 흰 드레스
단아한 모습의 그녀가 등장한다.
감상의 이해를 위한 유창한 설명

건반 위 그녀의 손은 백옥
피아노와 흰 드레스의 앙상블
숨죽이며 그녀를 주시하는 관객

현란한 열 개의 손가락
건반 위에서 폭풍처럼 몰아치다
잔잔한 호수 위의 백조가 된다.

베토벤의 비바람을 몰고 온 폭풍우
신고전주의 리즈의 변화무쌍한 색채감
슈베르트의 잔잔하며 슬픈 선율

단아한 그녀의 손가락 움직임은
고요 속에 잠들고
슈베르트의 피아노 소나타
가슴 아픈 운명에 잠 못 들고
밤새 소쩍새와 함께 울었다.

귀연 (歸 燕) / 김정애

당신이었군요.
먼 길을 돌고 돌아
이렇게 힘들게 왔네요.

비바람 몰아치고
작열하는 태양에도
전 굴하지 않았어요.

당신을 찾으려
수많은 밤을 지새우고
모진 고통을 이겨냈어요.

멋진 태양이 날 보듯이
밤하늘 반짝이는 별이
날 향해 웃듯이

전 이제 그렇게
절 사랑하며 당신을 사랑하며
예쁘게 사랑 꽃피울 거예요.

별 하나의 추억 / 김정애

별 하나가 나를 본다.
무수히 박혀있는 별 중에
유난히 반짝이는 별이
날 내려다보며 방긋 웃는다.

매일 밤 나와
기쁜 일 슬픈 일을 이야기하던
바로 그 별 나의 별이
날 따라서 여기까지 왔다.

청정지역 시골 밤
별들은 보석처럼 총총 박혀있고
하늘 솟은 침엽수
무리 지어 쏴아아 쏴아아 노래한다.

먼 바닷가 파도 소리와 같고
후드득 빗소리와도 같은
나무들의 합창을 들으며

팔베개하고 누워서
나의 별과 진한 사랑 이야기를 나눴다.

그곳이 무릉도원 / 김정애

그 옛날 도연명의 조각배가
아련한 빗속을 뚫고
꿈속인 듯 사공이 노를 저어 온다.

어서 타라 손짓하여
잽싸게 타고 보니
물감을 찍어 놓은 듯한
복사꽃의 아름다운 색채감

꽃잎은 떨어져
진분홍 꽃길을 만들고
만년의 바위 돌개구멍
복사꽃은 방긋방긋 웃고
소금쟁이와 물수제비 한판

산꼭대기 가파른 절벽 위
마애여래좌상이
유유자적 노니는 모습에
껄껄껄 소리 내어 웃는다.

사랑이란 / 김정애

사랑이란
맛난 음식을 먹으면 생각나는 사람
풍광 좋은 곳에 가면
그 사람과 같이 손 꼭 잡고
다시 와야겠다고 생각이 들고

백화점에서 쇼핑하며 멋진 옷을 보면
사주고 싶다고 생각이 드는 사람

기쁜 일이 있을 때
진심으로 같이 기뻐해 주고
슬픈 일이 있을 때
같이 울어줄 수 있는 사람
그런 사람이 있다면
그것이 진정한 사랑입니다.

사랑은 받는 게 아니라
무한히 기쁜 마음으로 주는 것이기 때문입니다.

자신을 버리고
이익을 추구하지 않는
사랑이란 그런 것입니다.

그런 것이 사랑이기에
우리는 늘 사랑을 꿈꿉니다.

겨울꽃 / 김정애

당신은 겨울꽃입니다.
차가운 제 가슴에 따스한 온기를
지피시는 순백의 마음 꽃입니다.
겨울에는 꽃이 없다고 말하지 마세요.
봄의 매화보다 여름의 난초보다
가을의 국화보다도 아름다운
당신은 사랑 꽃입니다.

당신은 겨울꽃입니다.
얼음장같이 차가운 제 손을 녹이는
뜨겁게 타오르는 정렬의 불꽃입니다.
겨울에는 꽃이 없다고 말하지 마세요.
봄의 수선화보다 여름의 장미보다
가을의 코스모스보다 아름다운
당신은 사랑 꽃입니다.

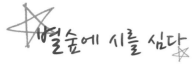

별숲에 시를 심다

시인 / 시낭송가
김 혜 정

〈 시작 노트 〉

길을 걷다가 문득 하늘을 올려다봤을 때
햇살이 웃고 있는 해맑은 웃음이
너와 나의 마음인 듯
서로에게 작은 위안이 될 수 있고
생각만으로도 행복한 시간이 넘치는
맑은 햇살이었으면 좋겠어.

나는 / 김혜정

당신이 푸른 바람을 베고
땅 위에 누워 청청한 하늘을 덮고
더없는 평온함과 사랑으로
행복을 꿈꿀 수 있다면
나는
당신이 까만 밤 수없이 많은
별무리로 피어나
온화한 빛을 풀어
사랑으로 숨 쉴 수 있도록
당신의 하늘이 되어 드리리.

그리운 사람 / 김혜정

한 점 별빛으로 떠올라
사랑을 노래하던 사람아

지울 수 없는 초연한 사랑은
빗물처럼 내 가슴에 스며들고
불어오는 바람 속에 시린 마음 감춰보지만
가로등 불빛을 등지고 따라오는 그대 그림자는
내 가슴에 그리운 휘장을 두릅니다.

아릿한 열정으로 내 마음
고스란히 담아내고픈 사랑
끝도 없이 이어질 그리움의 고리
반짝이는 별빛에 걸어두고
오늘처럼 그대가 그리울 때면
내 사랑의 빗장을 열어 그대 곁에 가렵니다.

하루 / 김혜정

이미 습관이 되어버린
그리움 안에
오늘도 너의 이름을 담고
길었던 하루를 노을 진 하늘에 묻는다.

차가운 달빛의 눈 맞춤으로
마주 선 밤이지만
나에게 전해져 오는 너의 눈빛은
온화하고 따스하다.

생각만으로도 하루를
살아 낼 수 있는 것은
언제나 내 마음에 함께하는
너의 사랑이 있기 때문이다.

그리움의 인연 / 김혜정

어둠이 내리기 시작하면
도시의 불빛도 하나둘 깨어나고
내 가슴속에서는 그리움이 일렁인다.

잊어야 한다고
이제는 잊어야 한다고
하루에도 수십 번 가슴의 자물쇠를
당겨 채우지만 어둠 내린 밤이 오면
무기력하게 창을 여는 그리움이다.

바람으로 왔다가 바람으로 떠난 시절
아쉬울 것도 미련 둘 것도 없다지만
그래도 못내 서글퍼지는 이유 아닌 이유는
오랜 세월 잠재웠던 가슴 속 그리움을 깨워 준
시절 속 인연이기 때문이다

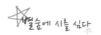

약속 / 김혜정

햇살이 억새꽃에 사뿐히 내려앉아
은빛 미소 짓던 하늘 언덕에서
아기 사슴 닮은 두 눈망울 마주하고
사랑하는 마음 영원히 변치 말자고
우리 약속했었지

흐르는 세월 속에
지금 이 순간의 감정이 무디어져
섭섭함이 찾아들 땐 세상이 온통 우리를 감싸고
그 하얀 언덕에서 부르던
너와 나만의 노래를 기억하자

우리 처음 만나
가슴 설레게 했던 그 날처럼
바라보는 눈빛 속에 다정함과
행복했던 기억 한 자락 꺼내어
우리 새끼손가락 걸고
다시 한번 약속해 보자

슬픈 그리움 / 김혜정

예쁜 햇살로 꽃 모자 눌러썼던 하늘이
한순간 회색 구름을 머리에 이더니
이내 두 눈 가득 물방울을 담는다

수줍은 미소 틔우던
매화꽃의 놀란 눈망울에도
이슬이 맺혀 들고
세상은 슬픔을 껴안듯
어둠을 밝히는 불빛 속에
서글픈 모습을 감춘다.

그대 사랑하는 마음
쓸쓸함으로 눈물짓는 빗방울 속에
굳이 말하지 않아도 좋을
내 몫의 간절한 사랑을 채운다.

가슴에 시를 심다

그 여자의 추억 / 김혜정

세상이 바람에 돌돌 말린 잿빛으로
밭은 숨을 몰아쉰다.
한발 한발 내딛는 걸음마다
온통 낯선 풍경이 자리를 깔고 앉았다.

사방을 둘러봐도 낯익은 풍경은 찾을 수 없고
그 옛날 햇살 같은 웃음 속에
피어나던 푸른 추억은 모두 어디로 갔을까

차가운 기억 속에 널브러진 것들을
하나하나 가슴에 주워 담아보려는
짧은 추억이 슬픔으로 파고든다.

숨이 가쁘다.
이미 사라져 찾을 수 없는
존재의 흔적들이 전해주는 슬픔은
홀로 걷는 여자의 등 뒤에
소리 없는 흐느낌으로 쌓인다.

순간
여자의 속눈썹으로 파고드는 시선이
힘없이 흔들리고
그렁그렁 맺히는 눈물에 아픔이 서려 있다.

길(축시) / 김혜정

성성한 푸른 잎 위에
분필가루 하얗게 내리던
당신의 소중한 기억은
비틀거리던 세상의
갈기 세운 진리의 함성이었습니다.

꽁지만 한 세월에
푸르디푸른 길을 내고
한 토막 한 토막 꺾여지던 삶은
우리들의 푸른 잎을 피웠습니다.

타다만 별이
흰 재를 뿌리던 겨울날에도
지던 꽃잎이
검불 같은 바람에 휘청대는 봄날에도
우리의 푸른 잎들은 살아
당신의 길 위에 별빛으로 환합니다.

당신이 걸어온 길
생을 다 바쳐 피워낸 사랑이
푸르게 살아
초롱초롱한 꿈이 되었습니다.
식지 않는 희망의 불꽃이 되었습니다.

깨금발을 딛고선 노을빛이
당신의 길 위에서
꺼지지 않는 불빛으로 피어납니다.

창백한 기억 / 김혜정

달빛이 흥건히 젖어 내리는 밤
창백한 기억 하나가
꼬깃거리는 가슴을 펴고
바람 부는 행길에 홀로 앉았다

소소한 꿈 한 조각 펼쳐 들었던
지난날들은 어디로 갔을까
작은 흔적조차 찾을 수 없는
마음은 헛헛하다

나지막이 휘파람을 불어본다
깊은 밤 정적을 깨트리는 소리
창백한 시간 위에 드리워진
궁핍한 언어들이 입술을 깨문다

달맞이 꽃 / 김혜정

한낮의 긴 기다림이
아스라한 별빛 되어 은하수로 흐를 때
노란 그리움 하늘 향해 피어나는 너는
나의 애처로움이다.

네가 잠든 꿈결에도
먼 창가에 홀로 기다리며
다정한 눈길 받지 못하는 너는
나의 아픔이다.

온 밤의 빛을 세워 밝히며
고즈넉이 피었다
햇살 내린 아침이 오면
쓸쓸히 시든 향기에 눈물짓는 너는
나의 슬픔이다.

어느 소녀의 꿈 / 김혜정

한껏 기대에 부푼 고요가
자리를 털고 일어나
출렁이는 아침이 오면
나는 마라톤 선수가 되어
길고도 긴 달리기의 여정을 시작한다.

언제나 그랬던 것처럼
조금의 망설임도 없이
끝이 보이지 않는 그 길을
쉼 없이 달려가면
유년의 추억이 방글방글 악수를 청한다

깔깔대며 뛰놀던 너른 마당을 지나
좁은 골목길로 접어들면
비어 있던 소녀의 희미한 여백 위에
이루지 못한 꿈의 언어가
무지갯빛 퍼즐놀이를 하고 앉았다

별숲에 시를 심다

사금파리 / 김혜정

가냘픈 어깨 위에
곱게 내려앉은 천 년의 꿈
진흙 속에서 백학 한쌍
고요히 앉아 깃을 세운다

불가마니 속에서 싹틔운 희망
바래진 달빛 아래
날을 세우고 앉은
차가운 시선이 슬프다

초라한 삶에 장막을 친
갸륵한 음영은 무언 속에서
은밀한 사랑을 갈구하다
깊은 수렁으로 빠져 몸부림친다

빗나간 절제의 공간 안에서
고뇌의 시간은 흐르고
모가 난 가슴에 칼날 스치는 소리
툭 떨어져 내리는 조각난 이별이다

돌아가고 싶은 날의 풍경 / 김혜정

아득한 꿈길인양 들려오는
그 옛날
어머니의 물 긷는 소리와
아버지의 쇠죽 쑤는 소리가
웃도는 세월에 야윈 모습으로 남아 있다

별빛이 유난히 밝게 돋는 날
나는 낯선 거리를 걸으며
흐릿하게 떠오르는 추억 속을
타인처럼 기웃거리고
박꽃 같은 하얀 속살을 만지작거린다

물과 구름이 맑아
은하수처럼 빛이 흐르는 마을
가고 없는 시절 속에 피어나
너스레를 떠는 다정한 그리움은
돌아가고 싶은 날의 풍경이다

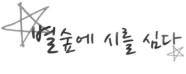

시인 / 시낭송가
이은석

〈 시작 노트 〉

새로움에의 도전
잘하고 못함이 대수인가
이 느낌을 온전히 펼칠 수 있다면
그것으로 족한 것을

누군가가
무엇인가를 위해
온 정열을 다 쏟는다는 것
그것만으로도 가치는 차고 넘침을

지금의 이 자리
바로 여기가
내 자리이고 나인 것을

해보고 싶었던 만큼
할 수 있는 만큼
그만큼만 해낼 수 있다면 행복인 것을.

바람아 / 이은석

새털구름 마실 온 듯
물결치는 무심천 갈대숲

그 포근한 자태
애써 못 본 척
은밀하게 스며드는 갈바람

가냘픈 허리
아찔한 스커트
곱게 빗은 머릿결 훔친다

황홀하게 휘감는 손길
온몸 파르르
숨죽여 흐느낀다

바람아
바람아

저어기 어디쯤 / 이은석

닿을 듯 말 듯
거기쯤에 미소 감춘 너
비단 적삼 스치우듯
손끝만 아리네

보일 듯 말 듯
골짜기 안개에 스며든 너
흩뿌린 잔상은 가슴만 헤집네

오려거든
섶 속 언저리에 깃털처럼 날아들고

품을 틈새 없거든
발꿈치 보일 새라
수리티재의 짙은 안개 벗 삼아
숨바꼭질이나 하고 가소.

밤안개 / 이은석

오늘 밤
무심천의 밤안개는
지친 나그네를 감싸 안으려는 듯
짙은 화장으로 너울너울 춤추고 있다

가까이 열차 바퀴의 마찰음만 들릴 뿐
몸체는커녕 불빛조차 삼켜버렸는지
그저 소리만 다가왔다 멀어져간다

환상 속에서 헤매듯 꿈틀거리는
저기 저 군웅들은
지금 무슨 꿈을 더듬고 있는 걸까

어둠과 안개가 깔아놓은 미로는
정리되지 않은 인생의 굽잇길 돌아가듯
그저 몽환적일 뿐이다.

환희 / 이은석

햇살은 호수 향해 내달리고
쪼개지는 윤슬은 신이 났다

멈출 곳 어디인지 알리 없이
통통 튀는 빛살은 그저 까르르 첨벙댄다

빛 잃은 오랜 시간
무던히도 참았던 희열의 폭발은
거침없이 질주한다

쏟아지는 햇살을 삼킬 듯
고요를 깨트리는 바람을 품어 안을 듯
광란의 용트림은 우주를 휘어 감싼다

아!
멈추지 마라!
오롯이 뿜어낼지어다.

별숲에 시를 심다

같이 가자 / 이은석

냇물아
가만히 앉아서
네가 어디론가 가고 있는
졸졸졸 소리 들으면 마음이 상쾌해져

아무런 심술부림도 없이
꼬불꼬불 네 갈 길만 가고 있는
너에게서 많은 걸 배우고 있지

한 때는
거꾸로 가보고 싶기도 하고
괜히 멈춰 쉬고 싶기도 했었지

어느새
너를 닮아가는 거 아닌지 몰라
그냥 이렇게 주변과 어우러져
같이 가는 것이 편해지거든

너를 보고 있으면 피식 웃음이 나와.

해바라기 / 이은석

난 네가
나만 바라보는 줄 알았어
아침부터 저녁까지

근데
뭐야

난
여기 와 있는데

넌 여전히
거기쯤 서성이고 있구나!

별숲에 시를 심다

어이하리 / 이은석

무심천 벚꽃 잎이
덧없이 흩날리네

고울 땐 너나없이
안길 듯 반기더니

낙화에 돌아선 눈길
매정함이 야속타.

空 / 이은석

사진기 셔터 소리
경쾌한 리듬 따라

자연과 하나 되는
오롯한 아름다움

속박의 굴레를 넘는
이 순간이 空이요.

별숲에 시를 심다

연꽃 / 이은석

천사의 적삼인 듯
천상의 날개인 듯

눈길을 사로잡고
마음을 어우르니

여기가 꿈의 세계요
무릉도원 아닌가.

여린 듯 꼿꼿함이
없는 듯 깔끔함이

길손을 유혹하고
마음을 앗아가니

뉘 있어 외면하리오
심연의 빛 쫓누나.

여기요 / 이은석

사랑을 찾는가요
행복을 찾는가요

관심도 사랑이요
나눔도 행복인데

멀리서 찾으려 하오
우리 곁이 꿈인걸.

가슴에 시를 심다

너를 보면 / 이은석

창문을 뛰어넘은
영롱한 아침 햇살

떠도는 구름처럼
흐르는 바람처럼

시공을 넘나들고픈
내 마음만 같아라.

길 / 이은석

계절이 돈다 해도
묵묵히 바라보지

세월의 시샘에도
오롯이 기다리지

천지가 바뀐다 한들
나갈 길을 잊으랴.

가는 년 / 이은석

서녘을 넘는 해야
급할 리 없잖으냐

휘돌아 둘러봐도
욕할 이 없겠거늘

무엇이 채찍질하여
쫓기듯이 가느뇨.

신발 끈 고쳐매고
달리듯 지는 해야

대청호 거울삼아
연곤지 매만지며

느긋이 기운다 하여
재촉할 이 뉘일까.

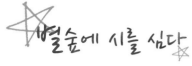

별숲에 시를 심다

시인 / 시낭송가
임숙희

〈 시작 노트〉

나는 너에게 / 임숙희

보고만 있어도
햇살 미소 되지는
그런 사람이고 싶다

보고만 있어도
언 가슴 포근히 젖어드는
봄 비 같은 사람이고 싶다

보고만 있어도 좋은
행복한 설렘을 주는
그런 사람이고 싶다

나는 너에게.....

당신이 참 좋습니다 / 임숙희

우연히 만나는 날
별빛 같은 눈망울로
해맑게 웃으며 반기는
당신이 좋습니다.

봄 햇살 같은
따뜻한 말 한마디
가난한 마음에 기쁨을 채워주는
당신이 좋습니다.

당신을 생각만 해도
미소가 떠오릅니다.

당신을 생각만 해도
가슴이 따뜻해집니다.

홀로 남겨진 듯한
쓸쓸한 삶의 뒤안길에
밝고 환한 빛으로 오시어
행복의 나래를 선물하시는
당신을 만나 참 좋습니다.

단비 / 임숙희

수분 한 모금 갈망하는
대지의 간절함이 닿았는지
하늘의 문이 열리고
쉼 없이 내리는 빗줄기 사이로
어둠을 등에 진 고단함이
어슴푸레 스민다.

침묵을 가르는 경쾌한 비 울림
쩍쩍 갈라진 대지의 환호성은
시름시름 앓는 만물에 생명을 부여하고
길가 화단에 홀로 피어있는
보랏빛 꽃 한 송이는
목마름에 허덕이던
초점 잃은 힘겨운 시간을
말갛게 씻어내는 단꿈을 꾼다.

별숲에 시를 심다

그냥 좋다 / 임숙희

이른 아침
새들의 재잘거림이
정겨운 창가에
화사하게 부서지는 햇살이
그냥 좋다

비단결 바람 타고
풀꽃 향기와 어우러지는
땀이 배어있는
삶의 향기가 좋다

차 한 잔의 따뜻함을
아침 이슬 같은 사람과
함께 할 수 있음이
참 행복하다.

가끔은 그렇게 살고 싶다 / 임숙희

고운 햇살 살포시 뿌려놓은
은빛 물결 잔잔히 흐르는
호수와 같은 마음으로
바람 햇살 공기
자연의 숨소리를 가슴으로 느끼며
내가 나인 시간을 누려본 적이
있었는지 아련하다

찰나의 인생을 살기 위해
반복되는 일상을 벗어나
가끔은
시계초침 쉼 없이 돌아가는 인생길에
들꽃 향기 은은하게 피워놓고
한편의 아름다운 시를 쓰고 싶다

바람결에 실려 오는 풀잎의 노래
나풀나풀 춤을 추는 나비와 같이
싱그러운 초록미소 여울지는
맑은 하늘을 우러러보며
가끔은 그렇게 살고 싶다.

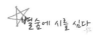

행복한 바보 / 임숙희

해맑게 웃는 그대 눈망울에
머릿속은 하얀 도화지

그 무엇으로도 대신할 수 없는
나의 꿈. 나의 사랑
그대를 사랑하는 마음
하얀 도화지에 그리리

생각만으로도
빙그레 웃음 머금게 하는 그대
행복으로 부풀어 오르는 내 마음

그대 표정 하나에
그대 작은 몸짓 하나에
내 마음은 흐렸다, 맑았다
난 세상에서 가장 행복한 바보.

휴식 같은 하루 / 임숙희

살랑살랑 바람의 손짓에
커피 한 잔 곁에 두고 창가에 앉아
꽃구름 피어나는 파란 하늘을 봅니다.

부담스러워 피하고 싶었던
뜨겁게 쏟아지는 태양의 눈빛이
부드럽게 온 세상을 비추고 있습니다.

참 좋습니다.
햇살
바람
그리고, 풀잎의 미소

참 행복합니다.
이 모든 것을 볼 수 있고
이 모든 것을 느낄 수 있고
이 모든 것을 가슴으로 만질 수 있으니
나는 행복한 사람입니다

참 고맙습니다.
커피 한 잔에 삶의 향기를
듬뿍 타서 마시는 휴식 같은 하루를
맛볼 수 있는 오늘이.

흔들리는 갈대 / 임숙희

사그락사그락 바람 소리에
괜스레 흐르는 눈물
걷잡을 수 없는
슬픔의 늪에 빠져들고 있다
허우적거리지 말고
갈대에 이는 바람 소리에
오롯이 이 마음 실려 보내자

간사한 바람에 상처 입고
내리는 비에 쓰린 가슴
보드랍게 감싸 오는 햇살에
새살 돋고 갈대꽃 피우는
흔들려도 돌아눕지 않는 갈대와 같이
가끔 바람이 흔들어도
흔들리지 않는 마음이고 싶다.

우리의 인연 / 임숙희

만나고 헤어지는 사람들
우린 인연이라 하죠.

오랜 친구 같은 첫 끌림으로
허물없이 다가오는 인연에
속마음을 털어놓아도 좋을
진실한 인연이 되기도 하고
지울 수 없는
마음에 상처를 남기는
인연이 되기도 하지요

첫인상, 첫 느낌으로는
인연의 깊이를
알 수 없기 때문입니다

우리의 인연은
기쁜 일, 슬픈 일
함께 나누는 따뜻함으로
웃음이 늘 곁에 머무는
사시사철 은은한 꽃향기로 가득한
인연이었으면 합니다.

파랑새 / 임숙희

햇살 미소 살풋
당신 눈가에 앉으면
내 마음은 온통
웃음꽃이 핍니다.

꽃잎에 맺힌 이슬방울
파르르 내 가슴에 떨어지네요
당신의 눈시울이 촉촉이
젖어있기 때문입니다

내 마음에 날개가 돋고
하늘을 날고 싶은 날은
해맑게 기뻐하는
당신을 보고 있기 때문입니다

날마다
당신이 행복했으면 좋겠어요.
한 마리 파랑새가 되어
당신 곁에 머물고 싶습니다.

내 사랑 그대 / 임숙희

그대를 내 마음속에 담아두고
잊은 듯이 살고 있지만
늘 곁에 머무는 숨 같은 사람입니다

살아가면서 좋은 날보다 힘겨운 날에
꺼내보게 되는 그대는
달빛이 잠들면 내일이 밝아오듯이
어두운 마음길에 한줄기 빛과 같습니다

설렘으로 차오르는 따스한 봄이 오면
다정히 꽃길을 걸으며 마음을 나누고 싶은
해맑은 사람입니다

같은 하늘 아래
우연히라도 만나고 싶은
삶을 다하는 날까지 내 안에 숨 쉬는
그대는 내 사랑입니다

제목 : 내 사랑 그대
시낭송 : 임숙희
스마트폰으로 QR 코드를 스캔하면
시낭송을 감상할 수 있습니다.

내 마음의 노래 / 임숙희

내 마음의 노래는
호수 위에 햇살과 같이
찬란하게 빛나고 싶다

사랑 받음에 감사하고
주는 사랑에 더 행복해하는
베푸는 사랑이고 싶다

내 마음의 노래는
지는 꽃잎의 등을 토닥이는
따뜻한 사람이고 싶다

보아주는 사람 없어도
은은한 향기로 미소 짓는
순수한 들꽃이고 싶다

내 마음의 노래는
나를 만나는 사람들 마음에
밝은 웃음과 맑은 행복이 샘솟는
마르지 않는 샘물이 되고 싶다

따뜻한 커피 한잔 / 임숙희

마음 열어놓고
이런저런 사는 이야기 나누고 싶은
사람이 그리워지는 날이 있습니다.

연락 없이 찾아가도
환한 얼굴로 반겨주는
사람이 그리워지는 날이 있습니다.

향기로운 커피 향 가득 담고
흘러나오는 음악을
말없이 함께 듣고 있어도 좋을
사람이 그리워지는 날이 있습니다.

괜스레
가슴을 파고드는 쓸쓸한 마음
따뜻한 커피 한잔 나눌 사람이 그리워
전화기를 만지작거려보아도
그 누구에게도
머물지 않는 마음

손끝을 타고 가슴으로 퍼지는
따뜻한 커피 한잔에
공허한 마음 살포시 놓아봅니다.

제목 : 따뜻한 커피 한 잔
시낭송 : 임숙희
스마트폰으로 QR 코드를 스캔하면
시낭송을 감상할 수 있습니다.

66

가슴에 시를 심다

바람이 참 좋는 날 / 임숙희

바람이 참 좋은 날에는
아름다운 선율이 흐르는
바람이 되고 싶습니다.

세월의 멍든 가슴 한 편에
삼켜야 했던 고인 눈물을
흐르는 바람에 띄우렵니다.

반짝이는 햇살에
내 모습이 초라해 보여도
가슴으로 함께 웃어주는
마음이 순수한 사람과
바람이 참 좋은 날
나란히 걷고 싶습니다.

별숲에 시를 심다

시인 / 시낭송가
장선희

〈 시작 노트〉

세상 살아보니
감사하다고 말할 수 있다는 것이
진정 행복한 인생이다.

타인을 험담하는 사람은
자신의 불행함을 고백하는 것이고
상대 입장을 진정 살피는 사람은
풍족함에 사랑의 감성이 열릴 것이다.

커다란 근심도 지나고 보면
떠다니는 먼지와 같을 것이고
모두 부질없다는 것도 알 것이며
시향으로 남길 수 있어서 행복하다.

첫인상은 그 사람의 마음이며
정성껏 가꾸는 길에는 언제나
향기 나는 꽃이 가득 될 것이다.

동해안 안목항의 일출 / 장선희

이른 새벽어둠을 젖히고
넘실대는 바다 희망을 향해 달려간다.
힘차게 떠오른 붉은 태양 바라보며
미래를 약속하는 자신감에 열광한다.

수많은 인파에 모래사장 총총한 발자국 보며
출렁이는 물결 사이로 미래를 약속할 때
태양을 가로지른 거대한 물 무덤 변신으로
성난 파도처럼 본색을 드러내며 달려든다.

저 멀리 수평선 잔잔한 물결 희망은
큰 바위 넘나드는 춤사위에 반짝거리고
여기저기 하얗게 부서지는 물꽃
불끈 솟는 힘찬 미래를 약속한다.

흰 갈매기 날개에 새해 소망 가득 실어
잔잔하게 떠도는 나룻배 타고 떠다니다
바람결에 누구도 침범하지 않을 거라 믿으며
바닷속 깊은 내면 숨결 속에 안기고 싶어라.

해지는 일몰 성급하게 다가온 거센 파도
서늘한 바람 따라 헝클어진 머릿결 흩날리며
바짝 다가온 세찬 물결 용기는
불끈 솟는 활력 내일을 약속한다.

봄 마중 / 장선희

세찬 바람 뺨을 스치던 시린 날 가고
미안한 맘 그대로 둔 채
작별 인사 없이 가버렸네.

마른 가지 틈새에
뾰족이 내민 푸른 잎 찾아
내 마음 벌써 꽃을 피우고 있네.

벚꽃 향기 따라다니던 그 날 못 잊어
꽃향기 찾는 나비와 함께
아지랑이 속으로 날아가고파

꽃비 내리는 날은
두 손 모아 가득 담은 향기에 취하고
영혼까지 함께 할 봄을 기다리네.

제목 : 봄 마중
시낭송 : 장선희
스마트폰으로 QR 코드를 스캔하면
시낭송을 감상할 수 있습니다.

성북동 길상사의 봄 / 장선희

정숙하고 한산한 법정 스님 손때 묻은 길
팻말에 보이는 한 줄 시로 마음 씻는다.

길상사 입구 오른쪽 쭈욱 들어가면
새싹들이 너도나도 움을 틔우고
푸릇한 잎 삐죽이 내밀며 반겨준다.

왼쪽 좁은 길 따라 앞으로 가다 보면
아늑한 끝 길에 스님들 숙소가 푹 파묻혀있다.

양지바른 곳 상큼한 내음에 이끌리고
다정한 속삭임에 한참 동안 발길을 머문다.

예쁜 새싹들의 내미는 입맞춤은
미소와 함께 절로 입을 벌리고
연약한 새싹들이 다칠세라 억센 손 놀라며
주머니 손 꾸욱 누른다.

어느덧 한나절 해가 진다고
아가들의 아쉬운 작별 손 내미니
다음엔 활짝 꽃 피워줄 약속을 한다.

사랑 씨앗 뿌리고 / 장선희

봄 오는 화단에 사랑 씨앗 뿌리고
옹기종기 채소 모종 심었네.

외롭지 말라 백일홍 심고
건강하자 아마란스 심었네.

빨강 초록 보라 주황 제 모습 갖추니
오가는 길 형형색색 사랑 나르네.

꽃은 채소 열매와 결연을 하고
아마란스 비바람 막아주며 등대 되었네.

봄부터 가을 미색에 충성하는 꽃
멈추지 않는 향기로 사랑을 불렀네.

중년의 향기 / 장선희

우여곡절 수놓아진 인생은
다양한 색깔로 채색해놓은 사연
젊어서 고생은 진한 추억으로
그리움의 깊이가 된다.

사는 게 별거 아니라는 것을
지지고 볶으며 살아온 세월
인생의 참맛을 알아간다.

지난 시절 못해본 게 한이 되어
느지막한 용기로 일궈내는 인생
기쁨의 보람도 채워간다.

너와 나 살아온 삶에
즐거움의 차이를 생각하고
오랜 세월로 알게 된 감사함
중년의 향기가 그윽하다.

제목 : 중년의 향기
시낭송 : 장선희
스마트폰으로 QR 코드를 스캔하면
시낭송을 감상할 수 있습니다.

계단 / 장선희

동트는 정원은 축축한 기운을 선사하며
감나무 사이의 까치가 동무하듯 반겨주고
내딛는 발걸음의 경쾌한 소리는
특별한 날이 올 것 같은 설레임이 시작된다.

종일 피부에 머금은 염분 향기와
가득 담은 담소를 한 아름 안고
다시 오르는 발걸음은 무게의 부담으로
폐활량의 숨 가쁜 인내를 터득하며
가녀린 종아리의 긴장을 느낀다.

어떤 값진 것도 비교할 수 없는 사연은
미소 짓는 입가의 주름조차 보람이 되고
고지에 도착하는 이 순간
정상에 오르는 쾌감으로 발걸음이 멈춘다.

자화상 / 장선희

인생길 따라 산전수전 겪어보니
지친 모습 낡은 생각이 괴롭힌다.

가는 세상 넘치는 열정 앞서는데
어리석은 맘 메말라가는 순간이 두렵다.

다시 뒤돌아보니
간절히 원했던 만큼 소중한 인생
기적을 실감하며 희망에 찬 환희를 본다.

나를 사랑하고 너를 사랑하기 위해
하루에도 몇 번씩 내 인간상을 살피고
이만하면 괜찮다 위로하고 반성하며
미소 짓는 모습에 자신을 사랑하자 한다.

태양을 바라보며 미래를 약속하고
따뜻해지는 가슴으로 세상을 품는다.

잊지 못할 내 고향 / 장선희

고향에 가면 내가 밟은 자리
잊지 못해 고개 돌리지 못하고
잃어버린 한 곳만 바라본다.

꼬불꼬불 비탈길 사라진 자리
대로변 달리며 사방을 살피고
어린 시절 삶의 현장에 빠져든다.

봄이면 산나물 향에 취하고
여름이면 졸졸거리는 시냇물 소리
가을이면 황금 들녘 참새 쫓던 시절
두뇌 속 총총 박혀있다.

꿈에도 잊지 못할 내 고향
해마다 변해가는 모습 살피며
내 마음도 변하고 싶지만
한 장의 수채화로 남긴 채
이대로 영원히 멈춰버렸다.

제목 : 잊지 못할 내 고향
시낭송 : 장선희
스마트폰으로 QR 코드를 스캔하면
시낭송을 감상할 수 있습니다.

밤의 요정 / 장선희

어둠이 밀려드는 시각이 되면
슬며시 다가와 자장가를 부릅니다.

좋아하는 텔레비전 고정해놓고
마주 앉아 눈 맞추려 하지만
요정의 아기가 되어
편한 자세로 누워버립니다.

찰떡궁합 프로그램 주인공이
아무리 불러 주어도
눈두덩을 슬며시 누르며
몸과 마음 쉬게 해줍니다.

두뇌의 움직임이 비몽사몽 되어
책임감 할 일을 완수하지만
내일을 위해 마음 내려놓으라고
벌써, 편안한 꿈나라로 데려갑니다.

회상 / 장선희

지나온 세월 앞에 두고
후한을 가졌던 인생
우여곡절 한을 묻었다.

이젠 뒤돌아서서
기쁨을 누리며
마음껏 웃는다.

길지도 않은 세월에
무심한 시간이 지나면
손목에서 돌아가는 시곗바늘의
조급한 초점을 바라본다.

쉼 없이 돌아가는 표상
내 인생 들여다보면
헛되이 보내는 순간에
알아버린 의미도 급해진다.

미래가 있다는 건
얼마나 귀한 것이라는 것을.

비 내리는 날 / 장선희

창문밖엔 추적추적 비가 내리고
정겨운 빗소리 들으며
떠오르는 모습 하나 있어
내 마음 설레고 있네.

전화가 와주기를 기다리니
너의 밝은 웃음 나를 불러주어
오늘이 가고 내일이 와도
너는 언제나 내 앞에 있네.

비를 가르는 차안에서
손 잡아주는 따스한 온기 나누며
운치 있는 찻집으로 옮겨 앉아
창가에 맺히는 빗방울 바라보네.

너는 나에게 나는 너에게
반짝이는 눈빛 행복한 미소로
사랑 가득한 미래 희망 약속하며
너의 향기에 흠뻑 취하네.

눈물 / 장선희

살다 보면 문득
감동되는 말들이 종종 있다.

음악을 타고 영상으로 떠오르면
가슴 속 파고들어와 흐느끼는
응어리진 냉가슴 눈물로 적신다.

너무 아파 눈물도 말라버리면
사정없는 회초리에 아프지만
뜨겁게 타오르는 욕망도 있다.

내가 나를 괴롭힘에 힘겹지만
유한 현실 일깨워 이겨내고
감사함에 반성하여 재촉한다.

눈물은 인생철학을 배우는 내게
행복한 길 동행하는 친구 되어
삶에 환희를 주기도 한다.

돌고 돌아온 삶이 있고
깊이 있는 인내가 있어서
뜨거운 눈물로 풀어낸다.

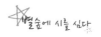

신앙의 힘 / 장선희

제아무리 용을 써도
맴도는 검은 그림자
시기와 질투의 화신은
결국 자신을 망가트린다.

질척이는 험한 발자국
사탄이 다니는 길일지라도
비추는 햇살 사랑이 있기에
따스한 손길 온화함이다.

두 손 모으는 간절한 마음
땅끝에서 하늘 끝까지
평생을 모태신앙 믿음으로
멍든 상처 아물길 기다리며

십자가상 앞에 눈 감으니
저 깊은 구석까지의 따스함은
정성된 영광에 새롭게 스며든다.

시인 / 시낭송가
장화순

〈 시작 노트 〉

함께 할 수 있다는 것

함께 할 수 있는 사람들이 내 곁에 있다는 것

그것은 내게 가장 복된 나날이 아닐까 생각한다

함께 배우고 함께 마음을 나누며

함께 여행도 했던

오늘 우리는 함께라는 이름으로 무엇인가를 추구 하고

그렇게 우리는 또 다른 내일을 설계하며

오늘을 살아 간다 함께라는 이름하나

가슴에 새기며

가슴에 피는 꽃 / 장화순

실바람 불어오고 햇살 한 줌 눈부신 날
여린 꽃잎 배시시 눈웃음에 마음 설레어
바빠지는 심장 펌프에 붉은 사랑 꽃은 피어난다.

장엄하지 않고 은은한 봄 음률
냉기에 쪼그라든 만산 다독이며
온화한 몸짓으로 붉게 채색되어 웃는다.

스쳐 지나가더라도 저를 기억하라
빗방울 품어 안은 수줍은 몸짓
그 붉은 사랑 가슴 강으로 흘러 든다.

진달래 너는 애틋한 사랑이다.

하얀꿈 / 장화순

휑하게 파인 고목의 가슴을
붉은 가을바람이 어루만지며
얼마나 아프냐고 묻는다.

가지에서 톡톡 눈물이 떨어진다.
보내는 아픈 마음 애써 감추려
고목은 아름다운 몸짓으로 가을을 떨어트리고 있다

떨어진 가을은 툭툭 불거진
고목의 뿌리를 감싸 안고 다독거리며
꼭 다시 오겠다. 약속을 한다.

고목은 가슴으로 파고든 가을바람을 품어 안고
어느 화려했던 날의 행복을 생각하며
하얀 꿈을 꿀 것이다

별숲에 시를 심다

광목 앞치마 / 장화순

새 분 냄새 풍기며 하얗게 바래진 광목
빨랫줄에 널리어 사그락사그락 너울지던
마당 넓은 초가집 허물어지던 날
아쉬움에 눈물이 흐르기도 했던
그 날이 그리울 때가 있다

나른한 오후 하릴없는 해님의 장난기 어린 헛기침에
바지랑대 끝에서 꾸벅꾸벅 졸고 있던 고추잠자리 화들짝 놀라고
하얀 찔레꽃인 줄 알았는지 광목 주변을 맴돌던
호랑나비 화려한 날갯짓 아름답던 그 옛날
가난의 뜨락이 그리워지는 날 있다

광목 앞치마에 비녀 머리 새댁 두레박 끌어 올리는
겨드랑이 살빛 복사꽃처럼 눈부시게 고왔고
속 깊은 우물에서 물안개 피어 오르면
우물가 버드나무 가지마다 서리꽃 하얗게 피우던
그리운 그곳으로 돌아가고 싶은 날 있다

그대로 그리워하자 / 장화순

그리움 가득
가슴에 맴도는 사랑이라면
그냥 그대로 그리워하자
심장 깊이 숨겨두려 하지 말고
기다려보자 하늘 높은 이런 날
바람으로 올지 모르니

나무처럼 / 장화순

뿌리까지 흔드는 바람
쏟아지는 장대비에 휘청거리는 몸
몰아치는 폭풍우에 휘말려
떠나고 싶은 마음이었다.

아 ~
그러나 때 없이 찾아 드는
작은 가지의 초록빛 웃음과
깊은 산 옹달샘 같은 눈
나무는 쓰러질 수 없었다.

큰 그늘은 되지 못했다
작은 그늘 되어
평온을 바라는 고목
가을 되고 겨울 되어간다.

넋두리 / 장화순

너를 향한 애틋한 연정(戀情)
나와는 무관하다
꼭꼭 접어 가슴에 숨겨두고
잊은 척 살아온 세월

벚꽃이 흐드러지게 피는 날
숨겨둔 연정 톡, 톡, 핏빛
열꽃으로 피어
때늦은 열병을 앓고 있다

가슴속에 꼭꼭 숨겨둔 연정 꺼내
떨리는 손끝으로
무명실 같은 삶의 넋두리
밤새워 꽃처럼 피워 내려 한다

달빛에 빚은 술 / 장화순

허리 잘록한 와인 잔에 붉은 심장이
뜨겁게 내려앉아 숨을 헐떡이고 있다
잔을 들고 있는 손끝 파르르 떨리는 것은
달빛 머금어 빚은 그 한 잔의 술
그 빛 때문이라고 혼잣말을 한다.

맨 처음 여자가 되어 떨리던 그 날처럼
와인 위로 떠 올라 가슴 설레게 하는 그 이름을
단숨에 삼켜버린 사람
야속한 것은 세월이 아니라
자신이라는 것을 알았고 그것이 서러워
하이힐 뒷굽을 더 곧게 세워 걸어본다

생각하면 상처에 소금을 뿌린 듯 아린 사랑
울컥울컥 쏟아지려는 뜨거운 것을
목젖이 아프도록 삼키고 삼키며
핏빛 입술이 되도록 잘근거리며 간다.
달빛 머금어 빚은 그 한 잔의 술
그 한 잔의 술 때문이라고 눈시울 붉히며 가고 있다

당신만의 별이 되어 / 장화순

떡갈나무 잎에서 또르르 구르는 빗방울은
찰진 도토리 하나를 만들기 위한 별이 되고

뾰족한 솔잎에서 또르르 구르는 빗방울은
향기 좋은 송이버섯을 키워내기 위한 별이 되고

초록 단풍잎 끝에서 또르르 구르는 빗방울은
가을이라는 이름을 만들기 위한 별이 되고

떨어진 낙엽 위에 또르르 구르는 빗방울은
초겨울 서리꽃을 피워내기 위한 별이 되고

다 내어주고 난 마른 가지 위에서 구르는 빗방울은
봄날 초록 새싹을 틔우기 위한 별이 되고

나는 어느 별에서 꾸벅꾸벅 기다리고 있을
바보 같은 임을 위한 별이 되리라

바람으로 / 장화순

달빛 사랑으로 수줍게 맺은 조롱박
조롱조롱 한낮 졸음에 꾸벅이고
동동 고무신 배안 짧은 촉 수 휘휘 저으며
슬금슬금 달팽이 기어 다니던 그곳으로
바람처럼 떠나자

햇볕 뜨거운 여름날 비탈진 산자락
베 적삼 흠뻑 젖은 농부의 등줄기 땀을 식혀주고
황토밭 쟁기질에 거친 숨 몰아 쉬는 누렁이 등에도
시원한 바람이 되어 보자

산기슭 밭뙈기에서 수런수런 아낙네들
젊은 날 사랑 이야기 엿듣고
살아온 푸념의 넋두리 품어 안아다
허공에 흩뿌리는 바람이 되어보자

산 중턱 적송 향기 코끝에 스쳐 가슴에 닿으면
너럭바위 걸터앉아 다리 흔들며
콧노래 흥얼거리던 그리운 그곳으로
바람처럼 떠나자

제목 : 바람으로
시낭송 : 장화순
스마트폰으로 QR 코드를 스캔하면
시낭송을 감상할 수 있습니다.

비손 여인 / 장화순

기름 먹은 햇불처럼 밝지 않지만
작은 희망은 꿈을 품고
칠흑 같은 밤을 하얗게 태운
어머님 소원이 촛불에 타오른다.

기다림이 별빛 등대에 스며든다.

말갛게 흐르는 여인의 사랑
빌고 비는 손끝에 타들어
망부석 냉가슴에 불을 지핀다.

가슴팍이 푹 파이도록 뜨겁게 저를 태워
흥건히 고인 뜨거운 눈물 쏟아낼 때
아픈 사랑도 함께 토해내고
여인은 흔들리며 또 비손이 된다.

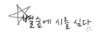

시인이 시월과 가을을 만나면 / 장화순

하늘은 더 높고 더 파래지고
수줍어 볼 빨간 단풍 볼은 더 빨개지고
노란 은행잎은 더 노래질 것이며
언덕 위 반짝이는 은빛 억새꽃은
사랑을 부르는 손짓이 되리라

바람결에 모퉁이 구석에 쌓인 낙엽은
더 슬픈 노래가 되어 구를 것이고
까만 밤 별빛은 시인의 마음 따라
은하수 유성처럼 한 줄 시어가 되어
별똥별 되어 흐르리라

시인이 가을과 시월을 만나면
시인은 가을 속으로 걸어가
세상은 온전히 시의 세상이 되고
시인은 분신인 시와 한 몸 되어
가을과 시월 속으로 사라지리라

소낙비 / 장화순

눈이 아닌 가슴에서 흐르는 눈물을
그대는 흘려보았는지요
보이지 않고 드러나지 않는
가슴골 깊은 곳에서 흐르는 눈물

하늘을 우러러 바라고 또 바랐지만
한번 지나간 소낙비 사랑은 그것이 끝이었고
내다 볼 수 없는 담장 밖 사랑은 또
어느 꽃을 꺾어 기다림을 주는지

꽃잎이 시들기 전 송이채 떨어트린 핏빛 선혈의 꽃
애달픈 마음 전하려 해도 전할 수 없고
지나가는 나그네만이 그 설움 애달프다 눈물짓는다 하는데
으뜸의 내임은 이내 가슴골에 흐르는 선혈의 눈물 언제쯤 알 수 있을지

허공의 날갯짓 / 장화순

새벽부터 내리는 눈
한나절이 되도록 쉬지 않고 내린다.
쌓이지도 않는 눈이
잡지 못한 그 날의 사랑처럼
소리도 없이

쌓이지 못하고 날리고 날려서
바람이 머무는 곳에 살짝 내려앉아
메마른 대지에 촉촉이 스며들 것이라 했다
그날 그 아이 아픈 웃음이 그 가슴에 스며들 듯

허공에 흩뿌려 놓은 하얀 눈물 같은 그 웃음
허공에 흩뿌려진 그 아이의 아픈 웃음
아린 상처로 그 여인의 가슴에 담겨 가끔은
허공의 날갯짓을 한다고 눈가에 이슬이 맺힌다.

별숲에 시를 심다

시인 / 시낭송가
정 연 희

〈 시작 노트 〉

고운 시어로 예쁘게 수를 놓아
행복을 노래하는 우리는
언제나 함께
아름다운 소리로 되어나는
향기로운 꽃입니다.

나뭇잎 사이로 / 정연희

살랑살랑 실바람이 불어와
초록빛 싱그러운 거리
영롱한 햇살은 나뭇잎 사이로 반짝이고

명랑한 내 마음은
파란 하늘에 펼쳐지는
뭉게구름처럼 마술을 부린다

산뜻한 나뭇잎 사이로 하늘하늘
내 마음 경쾌하게 춤을 추면
한줄기 상쾌한 바람은
향긋한 내 속눈썹을 유혹하고 있다

나뭇잎 사이로 바람이 분다
초록빛 나뭇잎 사이로 나는 그만
설렌 마음을 감출 수 없다

봄은 사랑으로 오는 마법 / 정연희

하늘이 마법처럼 푸르러다
내 마음도 봄꽃처럼 싱그럽게 피어나
작은 가슴 환희로 날아오른다

파란 바탕의 흰 구름은
꿈을 꾸듯 오선을 그리며
초록빛 음표들이 상큼한 봄을
경쾌하게 노래하고 있다

상쾌한 햇살은 눈부시게 빛나고
새콤달콤한 봄 여인
꿀처럼 달콤해진 입술로
파릇한 연둣빛 향기를 마신다

봄은 사랑으로 오는 마법
그대 향한 향기로운 내 마음
나는 봄 소녀처럼 설렘 가득해
그리운 사람에게로 사뿐사뿐 걸어간다

제목 : 봄은 사랑으로 오는 마법
시낭송 : 정연희
스마트폰으로 QR 코드를 스캔하면
시낭송을 감상할 수 있습니다.

오늘 그대가 왔으면 좋겠습니다 / 정연희

바람이 잔잔하게
그리운 향기를 전하는 날
그대 고운 눈웃음으로
오늘 그대가 왔으면 좋겠습니다

하얀 그리움이
해맑게 피어오르는 오늘
내 가슴 꽃구름 되어
달보드레한 마음을 선물하고 싶습니다

활짝 핀 꽃잎처럼
내 마음 향기로 가득 채워
단미스레 기다립니다

설레는 기다림이 내 마음을 꽃 피웁니다
오늘 그대가 내 곁에 왔으면 좋겠습니다

꿈꾸는 작은 새 / 정연희

봄볕이 좋아 푸르름으로
희망을 약속하는 꿈꾸는 작은 새는
빛나는 날을 부르며 봄 하늘을 자유롭게
날아다닌다

파란 하늘과 하얀 솜사탕 구름이
그림처럼 펼쳐진 맑은 하늘에는 내일에 대한
호기심으로 가득 찬 내 모습이 거기에 있다

내 마음의 풍선을 달아 환희로 다가올
미래를 향해 끝없이 나르는
꿈꾸는 작은 새

푸른 하늘 위에는 언제나 행복을 바라고
꿈을 키우는 내가 보인다
맑은 가슴을 지닌 순수한 소녀의 마음이
그대로 행복을 느끼며 끝없이 유영하고 있다

고향의 푸른 언덕 / 정연희

신록이 짙어지는 계절이 오면
맑아진 가슴은 초록의 숲길 되어
어린 날의 소녀가 된 듯 걸어가고 있다

산새 소리 물소리 맑은 지리산 자락에서
친구들과 함께 우정을 꽃 피우고
꿈의 날개를 펼치며 뛰어놀던 푸른 언덕

산들바람이 불어오고
플라타너스 잎이 하늘거리면
우리들의 맑은 웃음소리와
상큼한 이야기가 들려온다

지금은 멀어져간 옛 추억이지만
초록 향기가 싱그러운
내 고향 푸른 언덕에는
어린 시절의 순수한 꿈이 그대로
살아있는 듯하여 마음을 포근하게 한다

산촌의 해 질 녘 / 정연희

붉게 타 내리는 석양빛이
산등성이를 살포시 안아 누울 때면
멀리서 들려오는 노을빛 노래가
달밤을 준비하며 설레게 한다

저 건너 산촌에는
행복을 담은 저녁연기가
하얀 꽃으로 몽글몽글 피어나
밤 안갯속으로 흩어져 내린다

노을 진 산들바람이
다정스레 내려앉는 저녁 무렵
낙원의 밤 축제를 밝히는
풀잎들의 연가가 수줍다

풀벌레들의 하모니가 아름다운
산촌의 해 질 녘은
노을빛 고운 풍경을 덧칠하여
달빛 속으로 고귀한 밤을 부르며
행복을 머물게 한다

꽃가람 / 정연희

고운 눈결처럼 맑은 날
마음은 눈부신 푸른빛에 잠겨
오롯한 그리운 색으로 옛살비의
향기로운 그림을 그린다

물비늘 반짝이는 꽃가람
겨르로이 걷노라면
꼬꼬지 어린날의 향기가
하얀 그리움 되어 바람에 날린다

어린 시절의 꿈이 그대로
윤슬 위에 일렁이고
풋풋한 나뭇잎 소리 여린 풀잎과 함게
아름다운 지난날을 노래 한다

다은하게 흐르는 은가람
달보드레 꽃향기와 풀벌레 소리마저
정겨운 꽃가람에서 멀어져간 나의
지난날을 꽃 피운다

(주석)
* 꽃가람 / 꽃이 있는 강 * 오롯한 / 모자람이 없이 온전한 * 옛살비 / 고향
* 물비늘 / 잔잔한 물결이 햇살 따위에 비치는 모양 * 겨르로이 / 한가로이
* 꼬꼬지 / 아주 오랜 날 * 윤슬 / 햇빛이나 달빛에 비치어 반짝이는 잔물결
* 다은 / 따사롭고 은은하다 * 은가람 / 은은히 흐르는 강 * 달보드레 / 달달하고 부드럽다

오솔길 / 정연희

바람이 향기롭다
맑은 마음에 꽃이 핀다
네가 보고 싶다
소담스러운 오솔길 따라 걸으면
솔솔 피어나는 풀꽃 향기가 정겹다

노랑 꽃, 빨강 꽃, 파랑 꽃,
고운 색으로 아름다운 주단을 깔아 놓은
낙원의 숲길
청아하게 들려오는 새들의 노래가 감미롭다

너의 손을 잡고 지난 추억을 노래하며
푸른 마음으로 다정히 걷고 싶은
너와 나의 오솔길?

향기로운 숲속의 바람이 참 좋다
너에게 띄울 풀잎 연서를 적어 본다
사랑으로 가득 찬 오솔길엔
너와 나의 아름다운 멜로디가 되어
환상의 나래를 펼친다

제목 : 오솔길
시낭송 : 정연희
스마트폰으로 QR 코드를 스캔하면
시낭송을 감상할 수 있습니다.

당신이 참 좋습니다 / 정연희

어둠이 내리기 시작하면
그리움도 짙게 물들어
어디론가 하염없이 방황하는 마음이
당신 안에 머무릅니다

하얀 가슴이 장미꽃으로 피어나는
정열의 환희
밤하늘을 매혹스럽게 물들이고
고귀한 당신의 그리움은
영롱하게 빛나는 별처럼 반짝입니다

향기로운 당신의 미소
온화한 달빛처럼 사랑으로 가득 차
언제나 설렘과 희망으로 차오르게 하는
당신이 참 좋습니다

가을 여자 / 정연희

감성을 울리는 고독한 음악이 좋아진다
서늘한 바람 향이 서글픔으로 다가온다
짧았던 머리를 길러보고
갈색의 카디건으로 쓸쓸함을 단장한다

함초롬한 모습은
흐노니 가을의 여인이 되어
무작정 거리를 나선다

가을을 향해 걸어가고 있는 나는
그리움이 다가온 애틋한 가슴을 어루만지며
갈색빛에 물들어가는 가을 여자

가을은
못 견디게 그리움의 계절인가 보다

그리움은 모두 시가 되어 흐르고
아스라이 멀어져 간 옛 향기 보듬으며
가을의 여자는 쓸쓸한 마음을 가을 향기에 담는다

별숲에 시를 심다

겨울 창가에 / 정연희

겨울의 모습이 뽀얀 유리창에
살포시 앉으면
손가락으로 당신의 이름을
다정히 썼다 지웠다 하트를 그린다

내 마음의 꿈을 그리는 당신의 미소는
차가운 겨울 공기를 타고 날아와
향기롭게 따뜻한 숨결 느낄 수 있도록
마음을 촉촉하게 물들이고

겨울 사랑이 따스하게 머무는 나의 창가에
곱게 여미어진 당신과 나의 맑은 마음
한 편의 시처럼 아름답게 흐른다

가을과의 작별 / 정연희

사색의 문을 열고 들어와
단풍의 고운 향기와 속삭이듯
당신을 만나고

곱게 물든 만추의 감미로움에
마법에 빠진 듯 환희에 몸을 떨며

내 작은 가슴 뒤흔든
그림책 같은 단풍 이야기 남기고
정녕 아쉬움으로 가셔야 하나요?

마음의 파도를 타고
묘한 감성 담아 보았는데
깊은 슬픔으로 이별을 고하시나요?

낙엽이 흩날리는 만추의 속삭임과
한 편의 나의 서정시에
황홀한 이야기만 남기고
진정 작별을 해야 하나요?

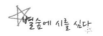

가을님!
당신이 주신 아름다운 가을 이야기는
먼 훗날 메마른 나의 마음을 타고 흐르는
한편의 아름다운 시가 될 거예요

긴 기다림의 설렘으로 다시 또 만나요
그럼 안녕

겨울 뜨락에 / 정연희

그대의 생각에 갇혀 버린 날
가눌 수 없는 마음은
빈 허공 속을 헤매다가
마침내 줄다리기를 시작하고

하얀 겨울의 뜨락에
여린 내 마음은 길을 잃어
숨소리마저 끝없이 방황하고 있다

흩어지려는 맑은 영혼 살포시 끌어안으며
홀로 긴 상념과 사랑을 나누고
몸부림치다 깊은 사무침에 잠긴다

별숲에 시를 심다

별숲에 시를 심다

시인 / 시낭송가
조한직

〈 시작 노트 〉

시인이 시를 쓰는 것은 일상이지만
독자들 앞에 다가서기까지는 설렘이며
나를 벗겨내는 또 한 번의 용기다

어줍은 삶이 시가 되고
시가 삶이 되는 일상을
표출해내는 내 영혼이 자유롭고
무뎌지지 않기를 늘 곱씹으며
나는 두려운 마음으로 시를 쓴다.

산실(産室) / 조한직

아늑한 숲속
하늘하늘 춤을 추며 반짝이는 잎새엔
현란한 사랑이 흐른다

산새들 지저귀며
갸웃거리는 고갯짓
저 지저귐과 고갯짓은 사랑일 거다

사그락사그락
나뭇잎 부대끼는 소리 사이로
바늘처럼 번뜩이는 햇살

음습한 숲속에도
생명의 흐름은 찬란하다

저렇듯 세상은
아름답지 않은 곳 없으며
아름답지 않은 것 없다
그 모두가 사랑이란다.

목련꽃 앞에서 / 조한직

하얀 눈바람 먼 길을
돌아서 핀 목련화야
통한의 날 품어 안고 솜처럼
포근하고 우아하게 영혼을 사르누나.

바라봐도 그리운 네게
세상 모질다
투정하는 이 있거든
한 떨기 하얀 꽃잎 흔들어 주렴

모진 바람 맞서온 네게
더 서러운 이 있거든
네 하얀 속마음 열어주렴
폭풍 한설 건너온 가슴이라고

사람아!
하얀 목련꽃을 보라
통한을 품어 안은 가슴에도
포근한 사랑이 흐르고 있느니

삶이 힘들다 한탄 말고
사랑으로 닫힌 가슴 열어가라.

제목 : 목련꽃 앞에서
시낭송 : 조한직
스마트폰으로 QR 코드를 스캔하면
시낭송을 감상할 수 있습니다.

수련 / 조한직

고이 품은 사랑
물 위에 자비로움, 애틋하다

물그림자 어리는 못
분홍 꽃잎 예쁜 빛이 참 곱도다

아이야 이 꽃 좀 봐봐
나그네여
이 꽃 좀 보시오

나지막한 자태로
홀로 자비를 품었어요

바라보면
바라보는 가슴 가슴마다
가득 사랑이 흐르고 있어요

보기도 아까워
눈물이 나려 하네요.

능소화 연정 / 조한직

그리다가 그리다가
그리움에 지친 슬픈 연정
주황색 꽃잎으로 곱게 살라냈네

임 향한 마음
오늘일까 내일일까
기다려도 임은 오지 않아
그리움 넝쿨 따라 울 넘네

임아 임아 그리운 임아
바람 불면 오시려나
바람 자서 오시려나

기다리다 기다리다 애 마른 가슴
땅 위에 져서도 눈 못 감으오
서러워서 눈 못 감으오

하룻밤 풋사랑에 마음 앗긴
임의 품 그리워
임의 발길 그리워.

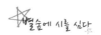

보리 서리 / 조한직

보리밭 길을 걸으며
모닥불 피워놓고 청보리를 구워서
손바닥으로 쓱쓱 비벼 후후
꺼럭은 불어내고 알맹이는 먹었지

깜장 손 깜장 입술
얼굴 여기저기 묻은 깜장
서로 바라보며 낄낄대던 어린 날

고향은 거기 있는데
다들 타향살이라
어디에서 살고 있을까.

검정고무신 신고 뛰어놀던
그 소년은 간데없고
그 소녀도 간데없네

동심이 자란 자리
다시 오지 않을 그 날들이
그리워
그리워…

쉬이 그리워 마라 / 조한직

누군가 그립다고 쉬이 그리워 마라
그리움이란
마음을 앗아가는 몽환 같아서
마음이 쉬이 아프다.

그립다고 쉬이 그리워 마라
그리움은 쏙쏙 자라는 봄풀 같아서
가시덤불처럼 점점 가슴을 파고든다

그립다고 쉬이 그리워 마라
그리움이 커져
깊은 계곡 늦가을 잎새만큼 붉어지면
가슴은 다 타고 끝내는 눈을 멀게 한다

봄눈 같은 사랑이 있거든
쉬이 그리워 말고
상처를 안을 수 있을 만큼 그리워하라
연후라야 마음을 내려놓을 수 있다.

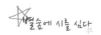

너 알아 / 조한직

너 알아
그리움이 무언지
기다림이 무언지

콩닥콩닥 가슴이 설레고
눈을 감아도
몽환으로 눈에 밟혀서

동동거려도
들리지 않는 발소리에
아무것도 잡을 수 없어

소금보다 짠 눈물 두 눈에 고여
가슴을 타고 심장으로 흐른다는 걸
흐르다가 심장이 멎는다는 걸

너 알아
그게 그리움이고
그게 기다림인걸

침묵하는 마음 / 조한직

마음을 톡 털어버리면
자신은 더 가난해지는 것을

가깝다고 속상하다고
누군가에게 마음을 털지 마라

마음을 털면
나는 더 가난해지며
영혼은 더 고독해지리라

속을 턴다고 누군가와
가까워지리라 생각하지 말고
침묵하는 연습을 하자

침묵은 모든 것을 포용하며
침묵 속에 공감대가 쌓이면
침묵은 가장 믿을 수 있는 언어가 된다.

별숲에 시를 심다

삶이란 그런 거야 / 조한직

그냥 산다고
말이 없다고 사랑을 모르랴

얼굴 맞대고
눈 마주치지 않는다고
사랑이 없다고는 마라

삶이란 말이 없어도
살면서 정이 드는 거야

그냥 지나가는가 해도
고뇌 없는 날 없으며
사랑은 그 속에서 익는 거야

삶은 만만하지 않지만
두려워할 일만도 아니지

그냥 부딪히며 사는 거야
그것이 사랑이야.
그것이 인생이야.

하얀 길 / 조한직

서럽다
서러운 눈물을 훔치며
스러지는 가을의 뒷모습이

대롱대롱 애달피
마른 잎 부여잡고 울어대는
저 길을 막을 자 누구라뇨

가자고
어서 가자고
스산한 바람 소리를 들어봐
그 자리 어이 머물쏜가.

하얀 겨울로 가는 길
앞산에 장 꿩 울어대고
뒷산엔 까각 깍깍 까각 깍깍 까치가
해진다고 어서 가자 하네

가다가 가다가 돌아들어
하얀 겨울 강을 건너면
거기엔 다시 새 꿈이 꿈틀대고 있으리.

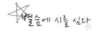

122

고뇌의 길 / 조한직

가는 길이
삶인가 죽음인가.

고통 속에 발버둥 치는 외마디는
실상인가 허상인가.

구렁으로 치닫는 고통이라
눈물로만 열지 말자

가는 길은 삶이고 죽음인걸
곤히 하루를 죽어서
죽음으로 다시 하루를 잇는 것

끝이 있는 듯 없으며
끝이 없는 듯해도 다다른다

길을 걸으며 삶과 죽음은
끝없이 지고 가야 하는
무거운 고뇌의 한 덩어리인 것을.

백년화(百年花) / 조한직

그대 품에
내가 죽을 때
눈 속에
그대를 넣고 죽어
그대의 품에 꽃으로 피리

그대
살아서
가슴에 그 꽃 피면
살아서
그 꽃 속에 살다가

죽으면
그래도 서러우리니
백년화로 다시 살아나
한 백해쯤 함께
또 피다가 지자.

항해 / 조한직

한 걸음
또 한 걸음
무심히 달려온 길
강물 같은 세월은 눈시울을 타고
출렁이며 가슴을 흔든다

어제나 오늘이나
사는 게 별다르지 않으니
흐름을 알면서도 감각 없는 호흡 속에
오늘도 눈망울엔 노을이 진다

그러나 생각을 말자
생각하나 생각 마나
내일도 아침 해는 동해에 솟으리니
일어나 가슴을 활짝 펴자

오늘보다 나은 내일을 위해
새로운 마음으로 힘차게 달려보자
인생이란
빈 배를 타고 넓은 바다에서
끝없이 노를 저어야 하는 항해라니.

제목 : 항해
시낭송 : 조한직
스마트폰으로 QR 코드를 스캔하면
시낭송을 감상할 수 있습니다.

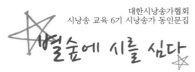

대한시낭송가협회
시낭송 교육 6기 시낭송가 동인문집

별숲에 시를 심다

시인 김정애

시인 김혜정

시인 이은석

시인 임숙희

시인 장선희

시인 장화순

시인 정연희

시인 조한직

대한시낭송가협회
시낭송 교육 6기 시낭송가 동인문집

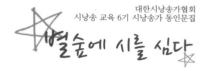
별숲에 시를 심다

2020년 3월 13일 초판 1쇄
2020년 3월 19일 발행
지 은 이 : 김정애 김혜정 이은석 임숙희
          장선희 장화순 정연희 조한직
엮 은 이 : 김혜정
디자인 편집 : 이은희
기 획 : 시사랑음악사랑
연 락 처 : 1899-1341
홈페이지 주소 : www.poemmusic.net
E-Mail : poemarts@hanmail.net

정가 : 10,000원
ISBN : 979-11-6284-191-4